Veinte Poemas de Amor y una Canción Desesperada

Pablo Neruda

内文插图：谈天

二十首情诗和一首绝望的歌

[智利] 巴勃罗·聂鲁达 —— 著

王佳祺 —— 译

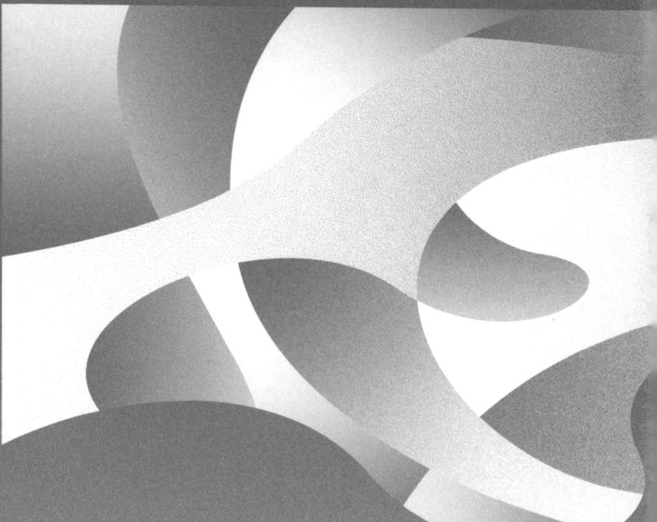

Veinte
Poemas
De
Amor
Y
Una
Canción
Desesperada

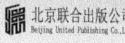 北京联合出版公司

只为优质阅读

好读
Goodreads

Contenido 目录

Poema 01 · 第一首 · ······ 003

007 ······ Poema 02 · 第二首 ·

Poema 03 · 第三首 · ······ 011

015 ······ Poema 04 · 第四首 ·

Poema 05 · 第五首 · ······ 019

025 ······ Poema 06 · 第六首 ·

Poema 07 · 第七首 · ······ 029

033 ······ Poema 08 · 第八首 ·

Poema 09 · 第九首 · ······ 037

041 ······ Poema 10 · 第十首 ·

Poema 11 · 第十一首 · ······ 045

049 ······ Poema 12 · 第十二首 ·

Poema 13 · 第十三首 · ······ 053

057 ······ Poema 14 · 第十四首 ·

Poema 15 · 第十五首 · ······ 063

067 ······ Poema 16 · 第十六首 ·

Poema 17 · 第十七首 · ······ 071

077 ······ Poema 18 · 第十八首 ·

Poema 19 · 第十九首 · ······ 081

085 ······ Poema 20 · 第二十首 ·

La Canción Desesperada · 绝望的歌 · ······ 091

097 ······ Discurso Nobel · 诺贝尔文学奖获奖演讲 ·

Epilogo · 译后记 · ······ 115

Fui solo como un túnel. De mí huían los pájaros

y en mí la noche entraba su invasión poderosa.

第一首

女人的身体,洁白的山丘,白皙的大腿,

你交付自己的姿态像这世界。

我野蛮的农人的身体侵蚀着你

让儿子从大地深处破土而出。

我曾孤独如同一条隧道。鸟儿们从我这里逃脱

夜晚强有力地侵入我的身体。

为了存活,我将你当作武器一般锻造,

如同我弓上的箭,如同我弹弓中的石头。

但复仇的时刻到来,而我爱你。

肌肤的身体,苔藓的身体,贪婪且丰厚的乳汁的身体。

啊,胸部的双杯!啊,迷离的双眼!

啊,阴部的玫瑰!啊,你缓慢又悲伤的声音!

我的女人的身体，将坚守你的美丽。

我的渴求，我无限的焦虑，我未抉择的道路！

黑暗的河道，永恒的渴求在其中行进，

疲劳在其中行进，同行的还有无尽的痛楚。

erguida, trata y logra una creación tan viva

que sucumben sus flores, y llena es de tristeza.

第二首

笼罩在光将息的火焰里。

你就那样,全神贯注,带着病态的苍白

背对着围绕在你身边旋转的

黄昏的老旧螺旋桨。

沉默,我的朋友,

独自身处这死亡时刻的孤寂中

又充满着火的生命力,

毁灭的白日的纯粹继承者。

一簇阳光落在你的黑色衣裙上。

夜的巨大根系

骤然从你的灵魂中生长出来,

隐藏在你体内的东西在外部重现。

如此,一个苍白且忧郁的民族

刚刚从你那儿出生,也以你为滋养。

噢!伟大、富饶、充满魅力的女奴
位于黑暗和光辉的周而复始之中:
挺立着,尝试并实现了如此生动的创造
以至于花朵落败,自己充满悲哀。

En torno a mí estoy viendo tu cintura de niebla

y tu silencio acosa mis horas perseguidas,

第三首

啊,浩瀚的松林,汹涌的涛声,

缓慢变幻的灯光,孤独的晚钟,

暮色落入你的眼中,玩具娃娃,

陆地的海螺,大地在你体内歌唱!

河流在你体内歌唱,我的灵魂藏匿其中

正如你希望的那样,朝着你期望的方向。

在你的希望之弓上为我标出路线

我将在迷惘中释放我的箭群。

在我周围,我看着你雾色一样的腰肢

你的沉默驱赶我苦恼的时刻,

是你,和你透明石头的双臂

我的吻在其中停泊,我潮湿的渴望在那里筑巢。

啊，你那被爱浸染且放大的神秘的声音
在这响彻云霄的将尽的黄昏，
就在这深沉的时刻，我看到原野上
麦穗在风口中弯下了腰身。

Innumerable corazón del viento

latiendo sobre nuestro silencio enamorado

第四首

风雨交加的早晨

盛夏时节。

云朵漫游,像告别的白色手帕,

风用旅人的手轻轻把它们摇晃。

无数风的心

在我们恋爱的寂静之上跳动。

在树林中嗡嗡作响,如管弦乐队的奏鸣曲,如

　　上帝的天籁之音,

仿佛一种充满战争和歌声的语言。

风飞快掠走枯叶

让鸟儿跳动的箭镞偏离了方向。

风将她推倒在没有泡沫的波浪中

在没有重量的物质中,在倾斜的火焰中。

她无数的吻破碎,沉没

被击倒在夏日之风的门前。

Ahora quiero que digan lo que quiero decirte

para que tú las oigas como quiero que me oigas

第五首

为了让你听见我

我的话语

有时细弱

如同海滩上海鸥的痕迹。

项链,沉醉的铃铛

都给予你那像葡萄一样柔软的双手。

我望着我远处的话语。

比起我的,更像是你的。

它们像常春藤一样在我的旧痛上攀爬。

它们沿着潮湿的墙壁攀爬。

你正是这场血腥游戏的罪魁祸首。

它们从我阴暗的藏身之处逃离。
你填满了一切,一切。

在你之前,它们居住在你所占据的孤独里,
它们比你更习惯我的悲伤。

现在我要它们讲出我想对你说的
让你听到我想让你听见的。

痛苦的风仍然一如往常地将它们席卷。
梦的飓风仍然有时将它们击倒。

你在我痛苦的声音中听到其他的声音。
古老之口的哭声,古老祈求的血液。
爱我吧,同伴。不要抛弃我。跟随我。

跟随我吧,同伴,在这痛苦的浪潮中。

但我的话语中沾染着你的爱。
你占据了一切,一切。

我把它们做成一条无限的项链
给予你那像葡萄一样柔软的双手。

Más allá de tus ojos ardían los crepúsculos.

Hojas secas de otoño giraban en tu alma.

第六首

我记得你在去年秋天的模样。

你是灰色的贝雷帽,是平静的心。

晚霞的火焰在你眼中争斗。

树叶飘落在你灵魂的水池。

你像一株藤蔓盘绕在我的手臂,

树叶收集你缓慢又平静的声音。

惊惶的篝火中燃烧着我的渴望。

甜蜜的蓝色风信子缠绕着我的灵魂。

我感到你的双眼在漫游,而秋天已经远去:

灰色的贝雷帽,鸟儿的鸣唱,房子般的心

那是我深切渴望的迁徙之地

也是我炭火般炙热的愉快亲吻落下的地方。

从船上仰望天空,从山丘遥看田野。

你的记忆由光而成,由云烟而成,由沉静的池塘而成!

晚霞燃烧在你的双眼深处。

干枯的秋叶回旋在你的灵魂。

Inclinado en las tardes tiro mis tristes redes

a tus ojos oceánicos.

第七首

倚身在那暮色中,我将我悲伤的网

撒向你海洋般的双眼。

在最高的火焰中

蔓延,燃烧着的我的孤独,像遇难者一样挥动着手臂。

我在你出神的双眼上留下红色印记

你的眼中浪潮翻涌,一如灯塔四周的海水。

遥远的女人,你只守望着黑暗,

你的目光中不时浮现出恐惧的海岸。

倚身在那暮色中,我将我悲伤的网

撒向那片震撼你海洋般双眼的海洋。

夜鸟啄食初升的星星

星光闪烁如同我爱你时的灵魂。

夜,骑在它暗色的马上驰骋

让蓝色的谷穗散落在原野之上。

Se parecen tus senos a los caracoles blancos.

Ha venido a dormirse en tu vientre una mariposa de sombra.

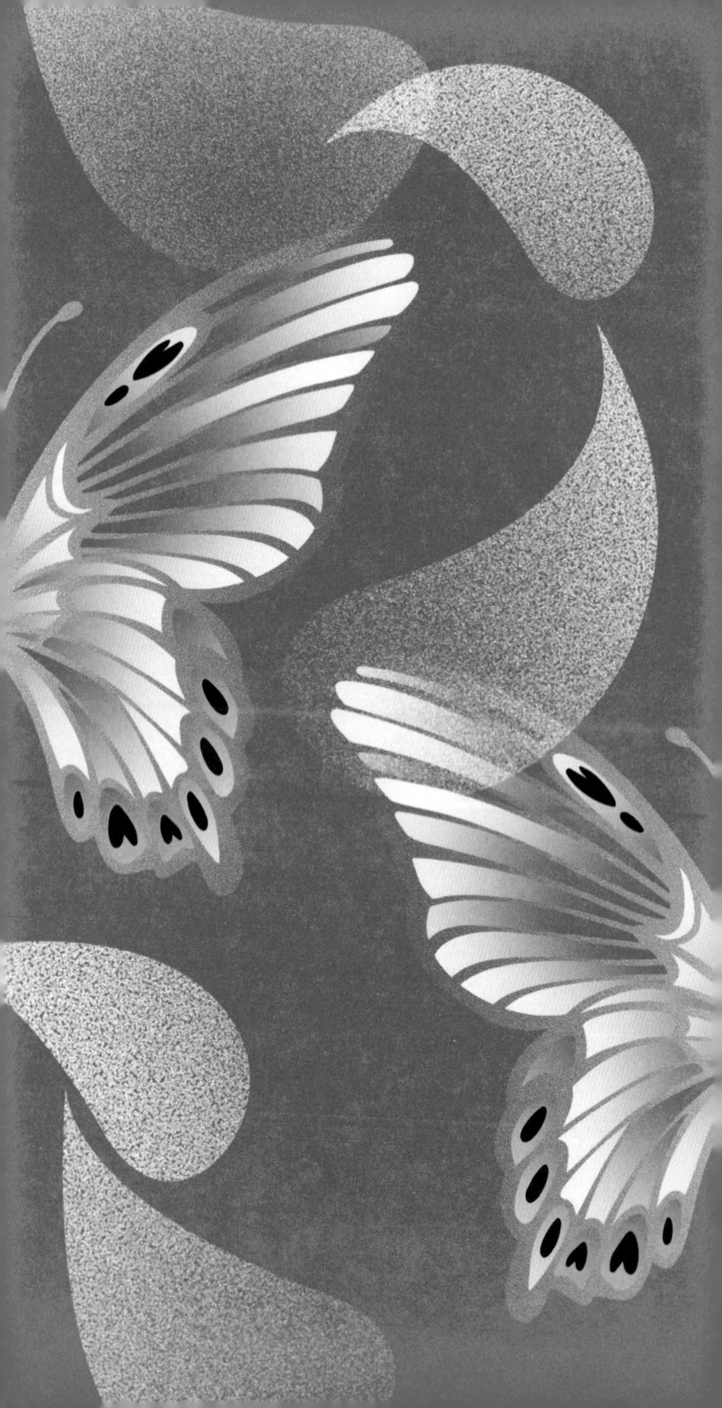

第八首·

白色的蜜蜂——沉醉于蜂蜜——在我的灵魂上嗡鸣
在烟雾缓慢的螺旋中旋转舞动。

我是那个绝望的人,是没有回声的话语,
失去了一切,也曾经拥有一切。

最后的缆绳,我最后的渴望在你身上沙沙作响。
在我荒芜的土地上,你是最后的玫瑰。

啊,沉默的人!

闭上你深沉的眼睛。夜在那里挥舞手臂。
啊,裸露出你那怯懦的雕塑一般的身体。

你那深邃的双眼,黑夜在其中展翅。

你那鲜活如花一般的双臂和玫瑰一样的怀抱。

你的双胸像洁白的蜗牛,
一只暗夜蝴蝶来到你的腹部入睡。

啊,沉默的人!

你不在的地方就是孤独的所在。
下雨了。海风追逐着漂泊的海鸥。

海水赤足走过被打湿的街道。
树叶抱怨那棵树,如同病人一般。

白色的蜜蜂,你不在,但仍旧在我的灵魂上嗡鸣。
你在岁月中重生,纤弱而沉默。

啊,沉默的人!

Tiembla en la noche húmeda mi vestido de besos

locamente cargado de eléctricas gestiones

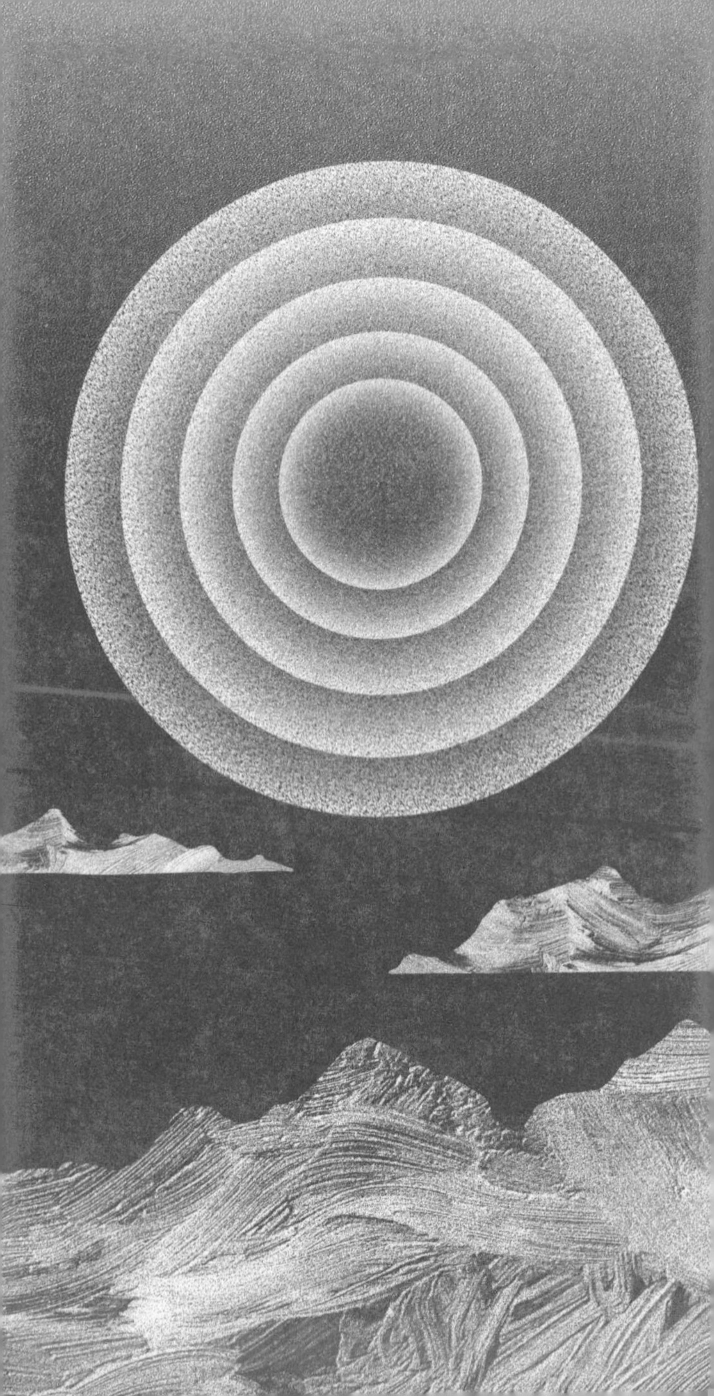

第九首

沉醉于松节油香和绵长的吻，

夏日，我驾驶玫瑰的帆船，

蜿蜒前行，驶向单薄日子的尽头，

根植在海洋坚固的狂热中。

面色苍白地被捆绑在吞噬一切的水中，

我在晴朗天气的酸涩味道中巡航，

仍然身着灰衣，声音苦涩，

还戴着一顶被弃浪花制成的悲伤头盔。

我，被激情折磨，骑上我独一无二的浪潮，

在月色中，在太阳下，在炽热和冰冷里，在突如其来
   的时刻，

沉睡在幸运岛屿的咽喉中

岛屿洁白柔软，一如丰润的臀部。

我以吻织就的衣服在潮湿的夜晚中
因电流满载而疯狂颤抖，
英勇地分裂成多个梦境
醉人的玫瑰在我的身上践行。

上游，在外部的波浪中，
你平行的身体紧紧地被我抱在怀里
像鱼一样无尽地依附于我的灵魂
在天空下的能量中，迅速又缓慢。

A veces como una moneda

se encendía un pedazo de sol entre mis manos.

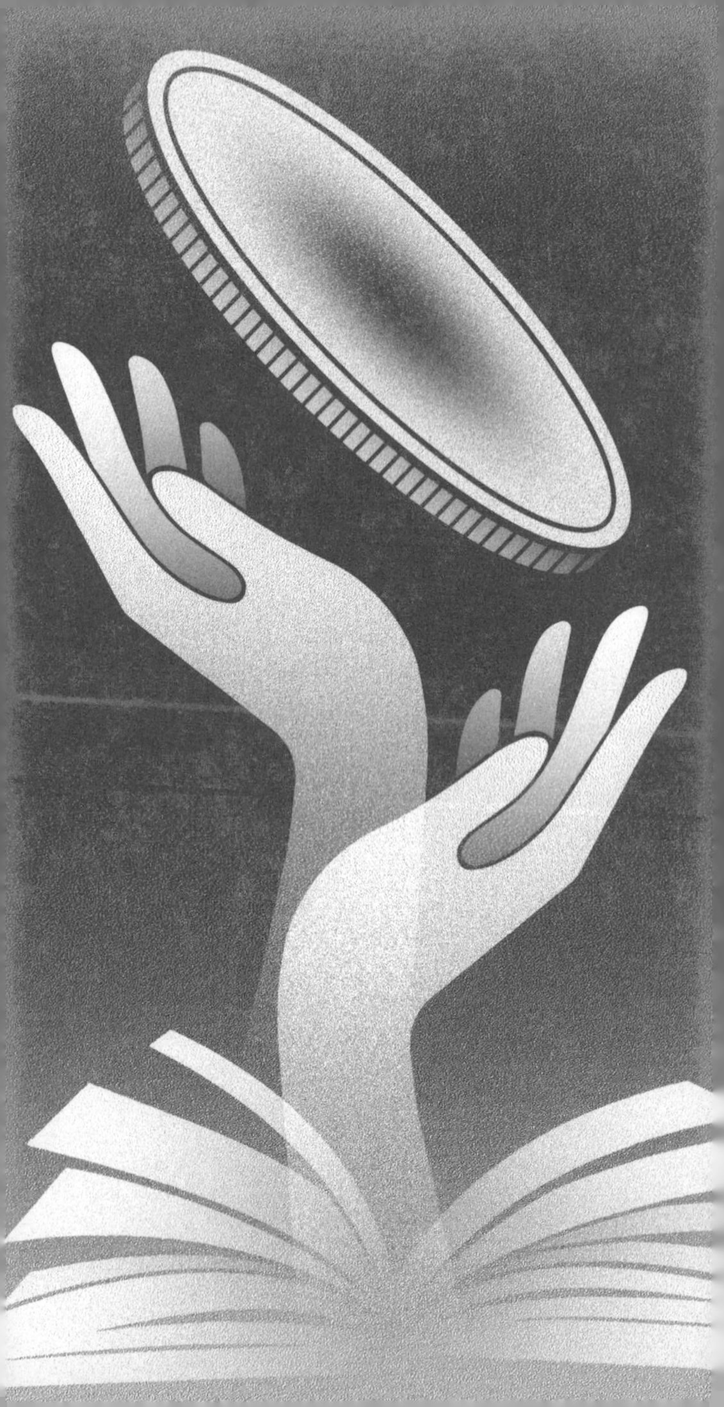

第十首·

我们还是错过了这个黄昏。
没有人看见今天下午我们紧握着手
在湛蓝的夜色降临世界之际。

我从我的窗口看到,
远处山丘上西风的庆典。

有时一片阳光像一枚硬币
在我的双手间燃烧。

我想起你时,
心中被你熟知的我那悲伤占据。

彼时你在哪里?
身边有什么人?

在说些什么？
为什么全部爱意突如其来地涌向我
当我感觉悲伤，感觉你在远方？

那本总是在黄昏时分拿出的书掉落下来
我的披风像受伤的小狗，滚落在我的脚下。

你在下午离开，一如既往
朝着黄昏抹去雕像的方向。

Girante, errante noche, la cavadora de ojos.

A ver cuántas estrellas trizadas en la charca.

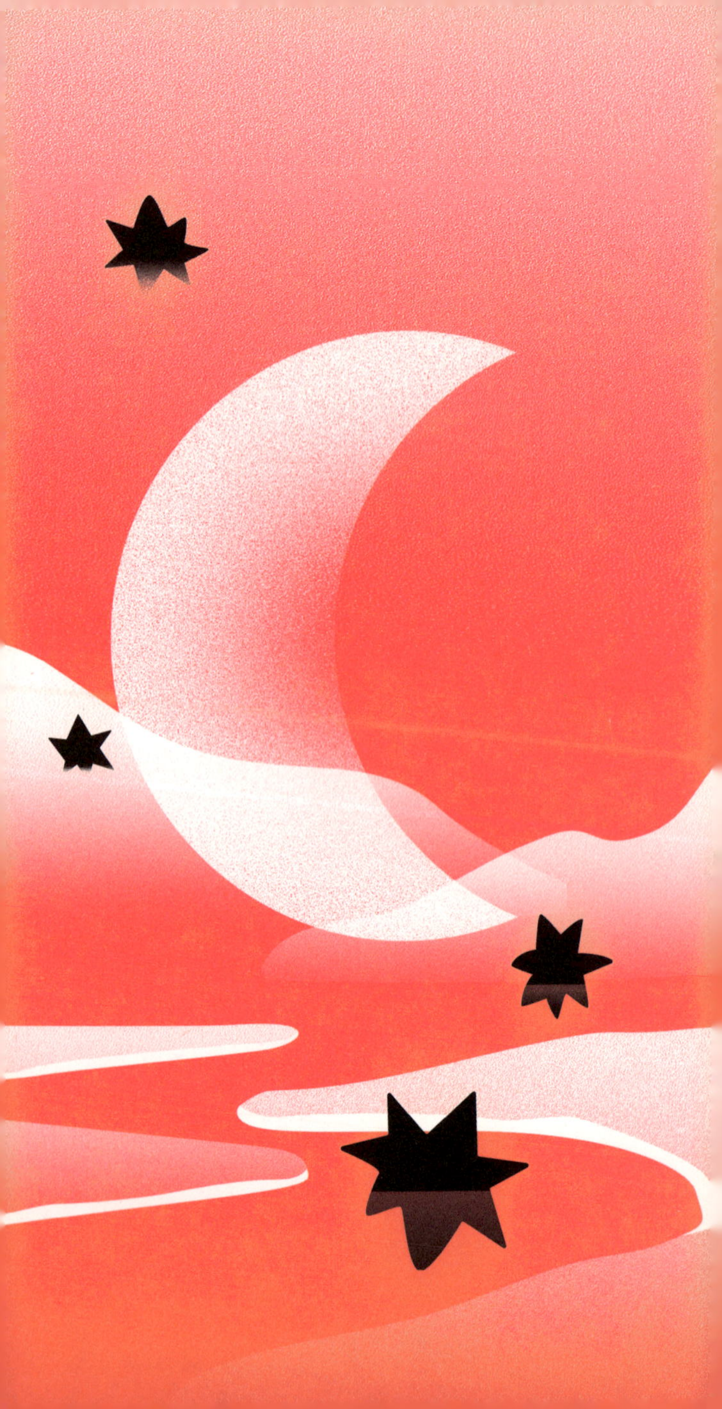

第十一首.

几乎在天空之外,停驻在两山之间

半个月亮。

旋转的、漂泊的夜,双眼的挖掘者。

多少星星在水塘中破碎。

在我的眉宇之间画下一个哀悼的十字架,又逃离。

蓝色金属的锻炉,无声战斗的夜晚,

我的心像一个疯狂的摆轮旋转不停。

来自远方的女孩,从如此遥远的地方一路而来,

有时在天空下闪烁她的目光。

哀怨、风浪、愤怒的旋涡,

在我的心上穿过,不做停留。

来自墓穴的风运送、摧毁、吹散你昏昏欲睡的根。

把另一边的大树连根拔起。

但你,清澈的女孩,烟和谷穗的质询。

是风用它被照亮的树叶塑造而成。
在夜晚的山峰的背后,洁白的火中百合,
啊,我无话可说!你形成于万物。

忧愁将我的内心一刀刀切碎,
是时候走另一条路了,在那里她不会微笑。
埋葬钟声的暴风雨,风浪混浊动荡不安
为什么现在触碰她,为什么让她悲伤。
啊,走上远离一切的道路,
那里没有她在露水中睁开的双眼,
将痛苦、死亡和冬日阻隔。

Yo desperté y a veces emigran y huyen

pájaros que dormían en tu alma.

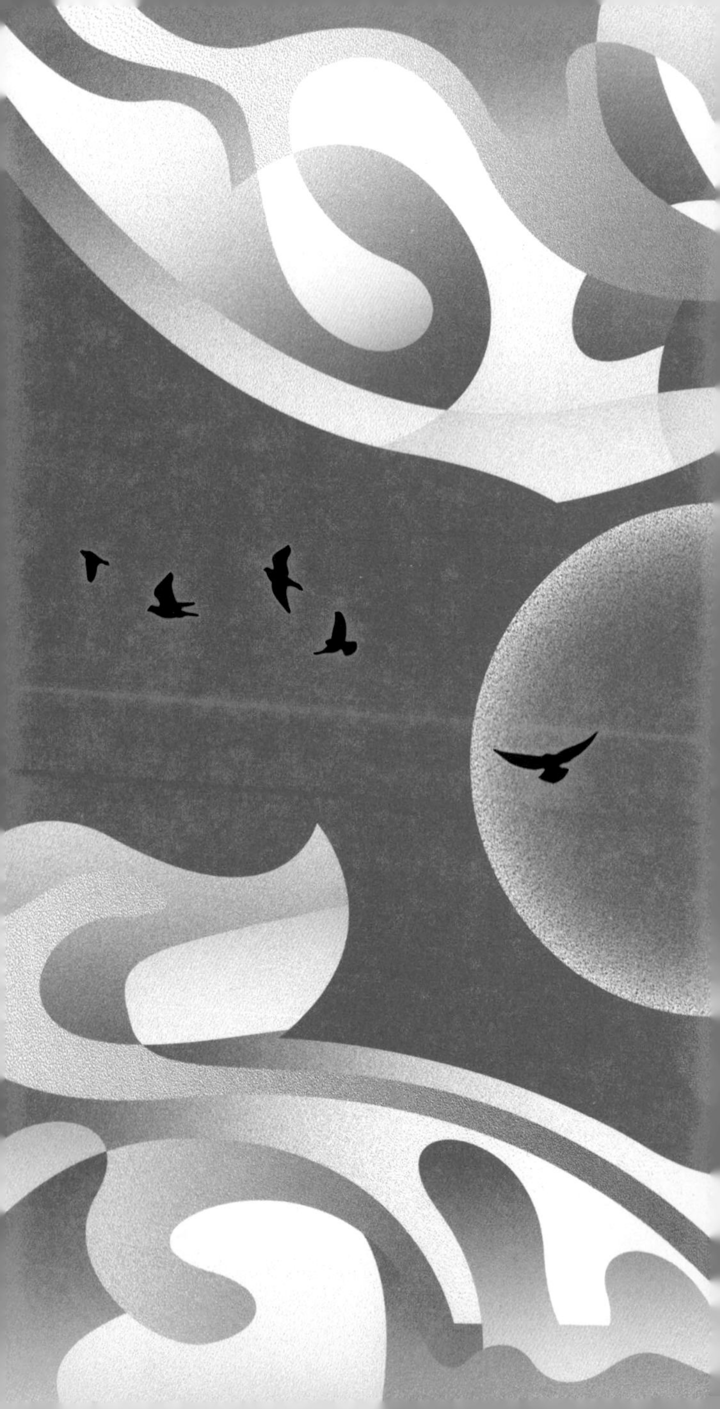

第十二首

我的心,有你的胸脯就足够,

你的自由,有我的双翼就足够。

那些沉睡在你心灵的

从我的口中可以升上天空。

你就是我每日的幻想。

你的到来如同露珠掉落花冠。

你的缺席让世界更加空旷。

地平线像海浪一样,永远后退逃离。

我曾说过你在风中歌唱

一如松树,一如桅杆。

你像它们一样,高耸且沉默。

又突然悲伤,如同一场远航。

你像一条熟悉的路,收容一切。
充满回声和怀乡之音。
我醒来了,沉睡在你灵魂的鸟群
有时会迁徙,藏匿。

Cuando he llegado al vértice más atrevido y frío

mi corazón se cierra como una flor nocturna.

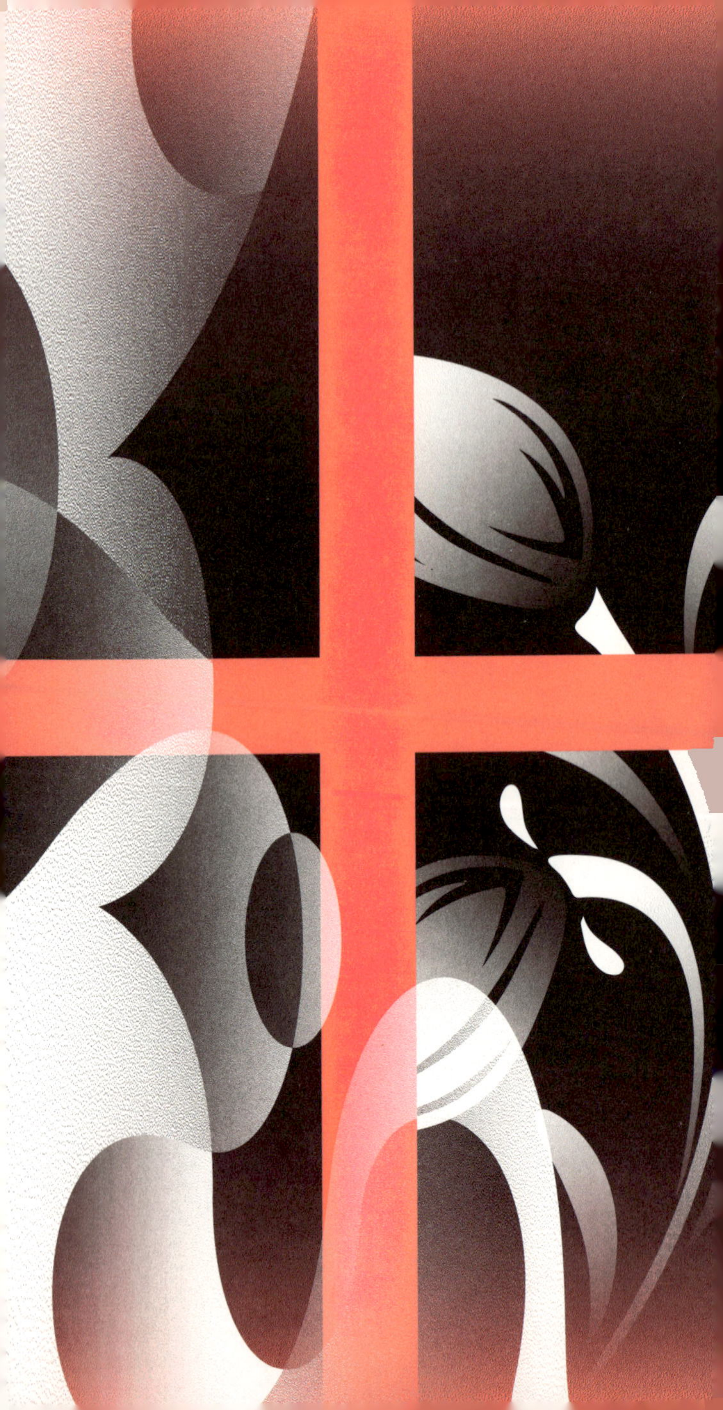

第十三首

我要用火的十字架慢慢做下标记

在你身体的白色地图集上。

我的嘴像一只蜘蛛,悄悄穿行。

在你身上,在你身后,胆怯又渴求。

在黄昏的岸边讲给你听的故事,

悲伤又温柔的姑娘,为了让你不再悲伤。

一只天鹅,一棵树,遥远又快乐的事物。

葡萄的时光,是成熟的、收获果实的时光。

我曾经住在一个港口,在那里我爱上你。

孤独与梦想和寂静交织在一起,

受困于大海和悲伤之间。

在两个静止的船夫之间,沉默,迷离。

在嘴唇和声音之间，有什么在逐渐逝去。

它有鸟的翅膀，它是痛苦之物，也是遗忘之物。

如同不能盛水的网。

我的娃娃，几乎没有留下水滴在颤抖。

然而，在这些转瞬即逝的话语中，有什么在歌唱。

有什么在歌唱，有什么攀升到我如饥似渴的嘴巴上。

噢，可以用所有快乐的话语把你赞扬。

歌唱，燃烧，逃离，宛如疯子手中的钟楼。

我忧伤的情意结啊，你突然变成了什么？

当我到达最危险和最寒冷的峰顶时

我的心像夜晚的花朵一样紧闭。

Quiero hacer contigo

lo que la primavera hace con los cerezos.

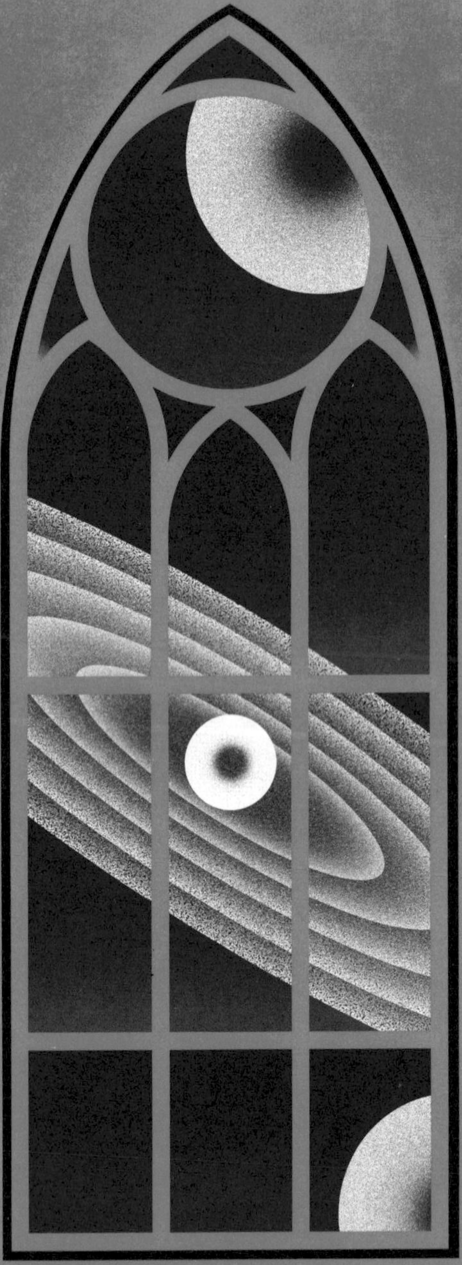

第十四首

你每日与宇宙的光嬉戏。

纤巧的来访者,你来到花中,来到水里。

你不仅仅是我捧在手中的洁白面颊

更像我每日双手间成簇的果实。

从我爱上你,你便是独一无二的。

让我把你舒展在黄色的花环之中。

谁用烟之字符在南方的群星之中写下你的名字?

啊,让我提醒你彼时的你是什么样子,在你还不存在的时候。

骤然间狂风呼啸,击打着我紧闭的窗。

天空是一张布满暗色鱼群的网。

所有的风在这里倾泻而出,所有的。

大雨裸露。

众鸟飞过,逃匿。

风,风。

我只能与人类的力量对抗。

风暴把深色的树叶卷起旋涡

散落了所有昨晚停泊在天空的船只。

你在这里。啊,你没有逃离。

你会回应我直至最后一声呼喊。

你在我身边蜷缩,仿佛感到恐惧。

然而,在你的眼中一度划过一丝奇怪的阴影。

现在,现在也如此,我的小人儿,你将忍冬带给我,

甚至你的双乳也沾染它的香气。

当悲伤的风呼啸而过,杀死了蝴蝶

我爱你,而我的喜悦咬住你梅子一样的嘴唇。

适应我，适应我孤独而野蛮的灵魂，适应我这个所有
　　人躲避的名字，
那一定使你痛苦。
我们看过那么多次星辰燃烧，彼时我们亲吻着彼此的
　　眼睛
在我们的头上，暮色在旋转的风扇中散去。

我的话语如雨水落在你的身上，轻抚着你。
从很久之前，我就爱着你阳光下珍珠一样的身体。
甚至我觉得你是宇宙之主。
我将为你从山上带来幸福的鲜花，风铃草，
暗色的榛子和盛着亲吻的野篮。

我要对你
做春天对樱桃树做的事情。

Me gustas cuando callas porque estás como ausente

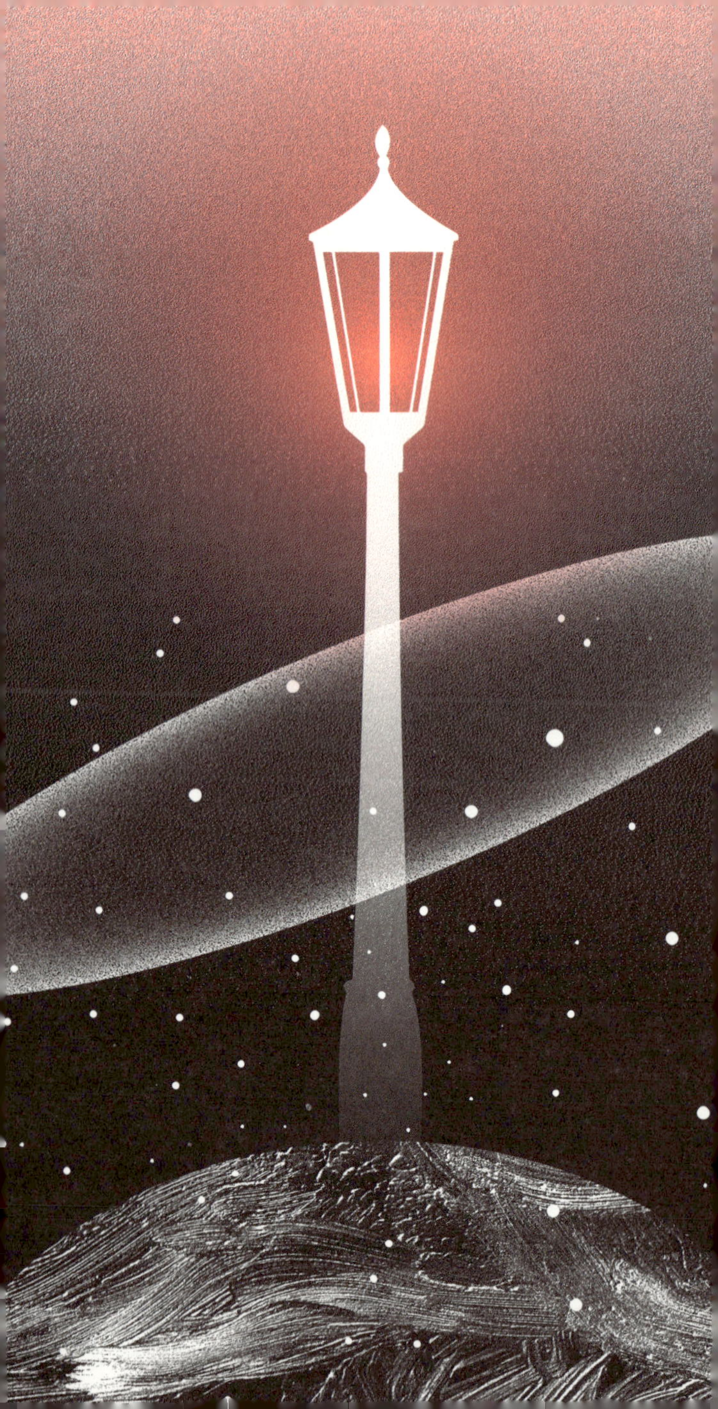

第十五首·

我喜欢你当你沉默时,因为仿佛你不在,

你在远处聆听我,我的声音触碰不到你。

仿佛你的眼睛已经飞离你远去

也仿佛一个吻封住了你的嘴唇。

由于万物充满我的灵魂

你从万物中浮现,充满我的灵魂。

梦之蝴蝶,你就像我的心灵,

你像忧郁本身。

我喜欢你当你沉默时,因为你仿佛身在远方。

你仿佛在抱怨,喁喁私语的蝴蝶。

你在远处聆听我,我的声音无法到达你身边:

让我和你的沉默一起静默。

让我也同你的沉默交谈

明亮如同一盏灯,简单如同一枚戒指。

你像夜晚,沉默不语,繁星密布。

你的沉默如星星,如此遥远又如此简洁。

我喜欢你当你沉默时,因为仿佛你不在。

遥远和痛苦如你,仿佛你已死去。

彼时一个词,一个微笑足矣。

我很欢喜,欢喜这一切并不是真的。

Mi alma nace a la orilla de tus ojos de luto.

En tus ojos de luto comienza el país del sueño.

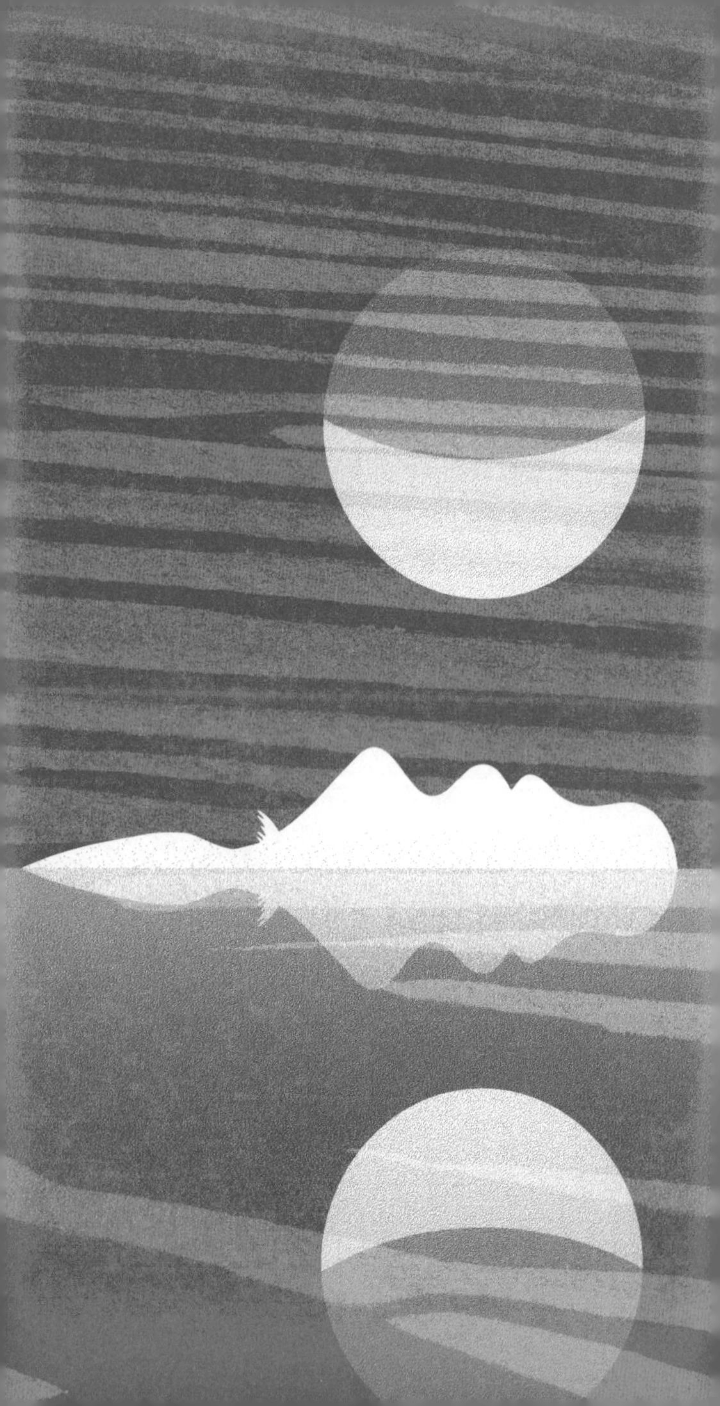

第十六首

黄昏时分在我的天空中你仿佛一朵云
你的颜色和形状刚好是我喜欢的样子。
你是我的,你是我的,嘴唇柔软的女人,
我无尽的梦想都驻扎在你的生命里。

我灵魂的灯光让你的双足都染上玫瑰色,
我酸涩的葡萄酒在你的双唇上变得甜美:
噢,我黄昏之歌的收割者,
我孤独的梦多么深刻地感觉到你是我的!

你是我的,你是我的,我要在午后的微风中呼喊,
而风卷走了我丧偶的声音。
我双眼深处的狩猎者,你的掠夺
使得你夜晚的目光平静如水。

你被俘获在我的音乐织就的网中,我的爱,

我的音乐之网像天空一样广阔。

我的灵魂诞生在你哀伤的双眼的岸边。

在你哀伤的眼中,梦想之地开始成形。

·意译自泰戈尔的作品

Pensando, enterrando lámparas en la profunda soledad.

¿Quién eres tú, quién eres?

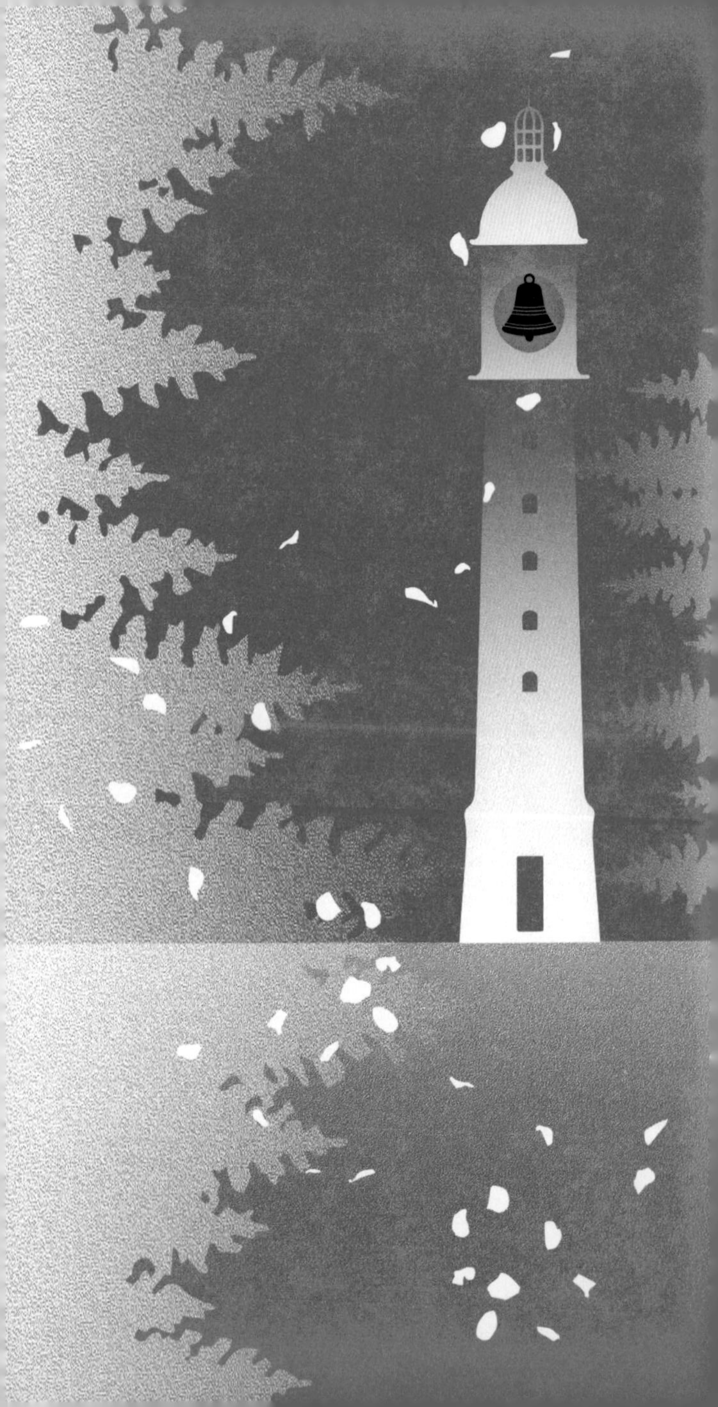

第十七首·

思念着,在深深的孤独中让影子缠绕。
你也身处遥远,啊,比任何人都遥远。
思念着,放飞鸟儿,模糊影像,
埋葬灯火。
海雾的钟楼,如此遥远,高高耸立!
抑制哀伤,耗尽了暗淡的希望,
忧郁的磨坊主,
夜晚向你倏然而至,远离城市。

你的出现与我无关,对我而言陌生如同一件物品。
我思考,我长途跋涉,在你之前我的生命。
在任何人之前我的生命,我坎坷的人生。
面对着大海,在岩石之间的呼喊,
自由地,疯狂地奔跑在大海的水雾之中。
悲伤的愤怒,呐喊,大海的孤独。

放肆的,暴力的,伸向天际。

你,女人,你曾作为什么在那里?在那把巨大的扇子上
是什么条纹?是什么扇骨?彼时的你如同此刻一样遥远。
树林中的火!燃烧成蓝色的十字架形状。
燃烧,燃烧,火焰闪烁,在光的树林中火光闪闪。
崩塌,噼啪作响。火,火。
而我被火星灼烧的灵魂,翩翩起舞。
谁在叫喊?什么寂静布满回声?
思念的时刻,快乐的时刻,孤独的时刻,
所有的时刻中我的时刻!

在风的一路歌唱中吹响号角。
欲哭的激情束缚住我的身体。
所有树根的震动,

所有海浪的袭击!

快乐,悲伤,无止境地流浪着,我的灵魂。

思念着,在深深的孤独里将灯火埋葬。

你是谁?是谁?

Aquí te amo.

En los oscuros pinos se desenreda el viento.

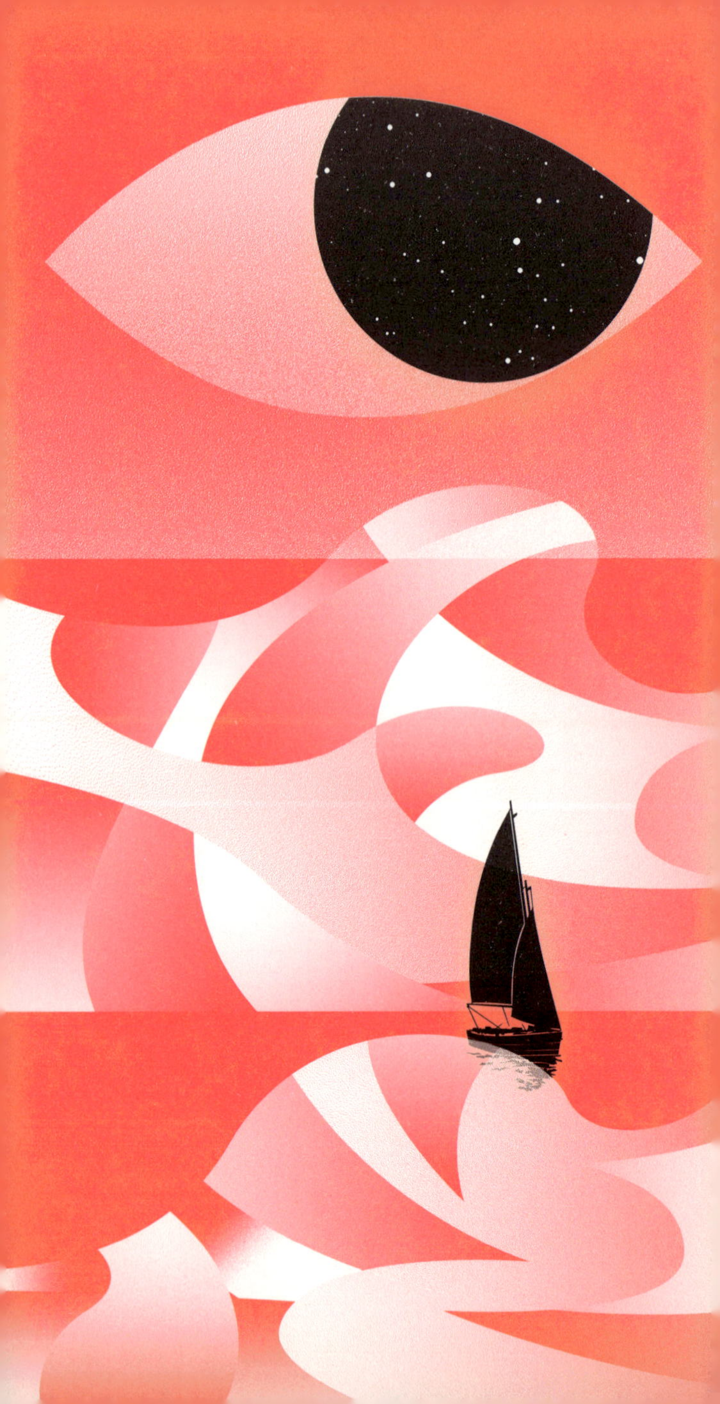

第十八首·

我在这里爱你。

在黑暗的松林里,风解脱了束缚。

月亮在漂泊的水面上泛起粼粼波光。

岁月一如既往,互相追逐。

雾气消散,化作了舞者的形象。

一只银色的海鸥在夕阳下滑落。

有时是一片帆。高高地,高高地挂在天上的星辰。

或者一只船的黑色十字架。

形单影只。

有时清晨醒来,连我的灵魂都湿漉漉的。

远方的大海海浪声声,阵阵回响。

这是一个港口。

我在这里爱你。

我在这里爱你,地平线徒劳地将你隐藏。
身处于这些冰冷的事物中,我依然在爱着你。
有时我的吻乘着那些重型船只,
它们漂洋过海,驶向无法到达的地方。

我已被遗忘,如同这些老旧的锚。
当午后停靠的时候,码头更加悲伤。
我无用的饥饿的生命感到疲惫。
我爱我没有的东西。你在如此遥远的地方。

我的厌倦与缓慢的暮色抗争。
但是夜幕降临,开始为我歌唱。
月亮旋转着她梦的轮盘。

最大的那些星星借着你的双眼望向我。
因为我爱你,风中的松林,想要用它们的针叶唱出你的名字。

Mariposa morena dulce y definitiva

como el trigal y el sol, la amapola y el agua.

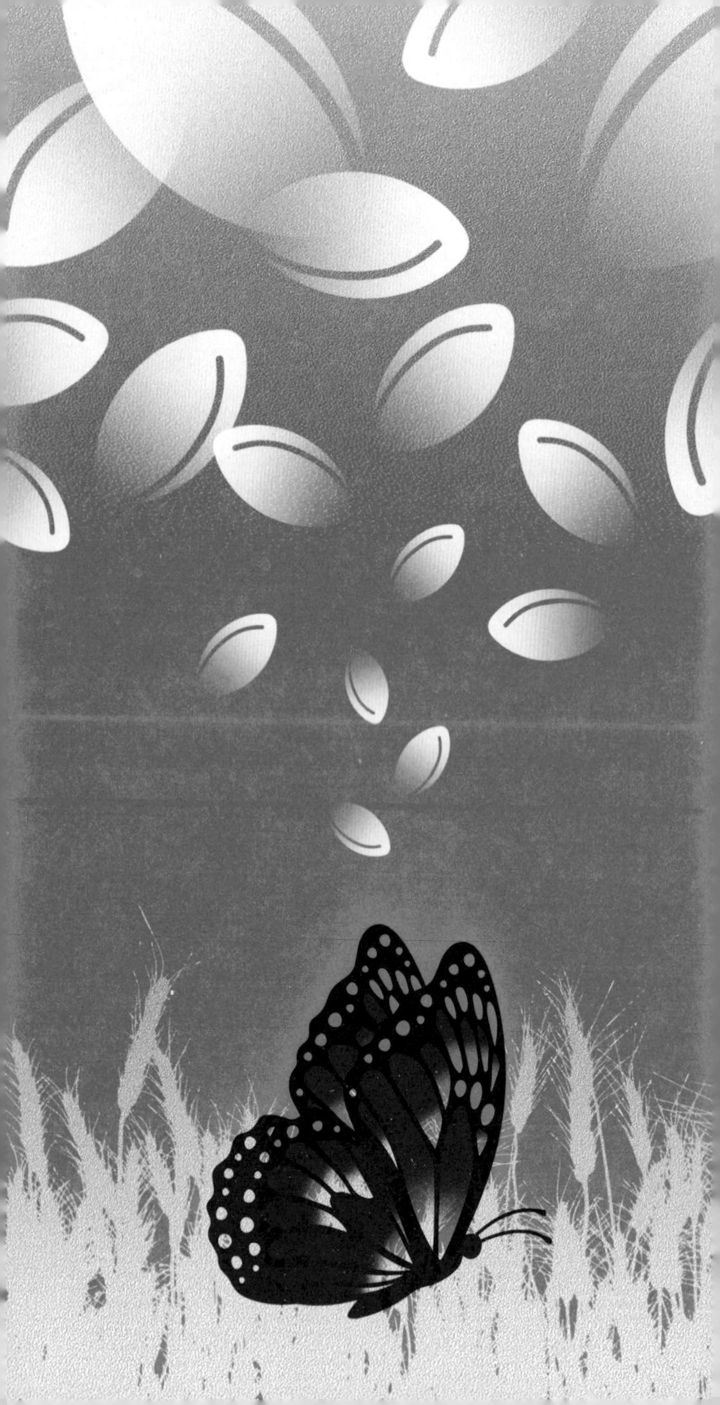

第十九首

黝黑又灵巧的女孩,形成果实的太阳,

让麦粒饱满、让水藻弯曲的太阳,

造就了你明媚的身体,你明亮的双眸,

你有着水一样微笑的嘴巴。

当你伸出双臂,

一个黑色的,热切的太阳在你的黑发上滚落成一缕缕发丝。

你和太阳嬉闹,如同和一条小溪玩耍

它在你的眼睛里留下两道幽暗的死水。

黝黑又灵巧的女孩,没有什么能让我接近你。

你的一切让我远离,如同远离中午。

你是蜜蜂的狂乱的青春,

海浪的陶醉,谷穗的力量。

然而，我忧郁的心在寻找你，

我爱你明媚的身体，爱你松弛而纤细的声音。

甜美而坚定的黑蝴蝶，

像麦田和太阳，罂粟和水。

Ya no la quiero, es cierto, pero tal vez la quiero.

Es tan corto el amor, y es tan largo el olvido.

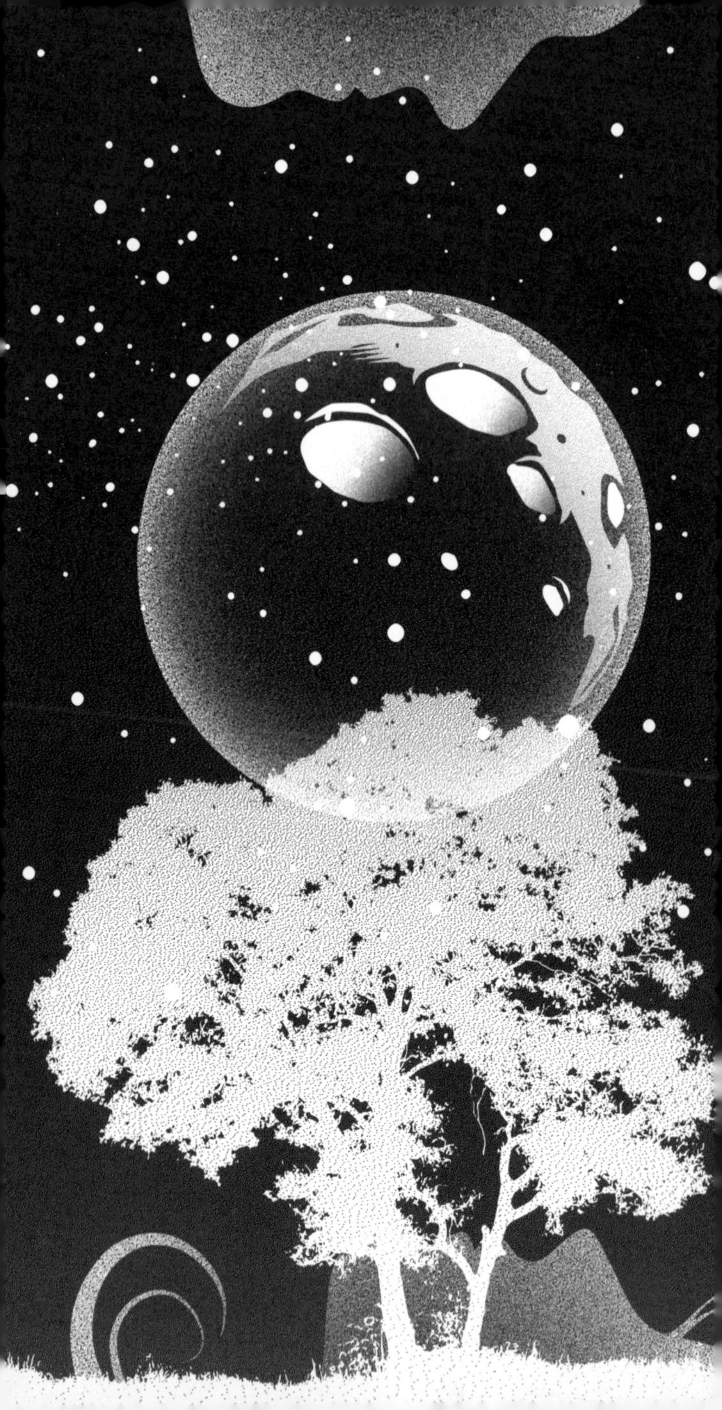

第二十首

今夜我可以写下最悲伤的诗句。

写下,就像:"夜晚繁星密布,
蓝色的星辰,颤抖在遥远的夜空。"

夜晚的风在天空中飞旋吟唱。

今夜我可以写下最悲伤的诗句。
我曾经爱她,有时她也爱我。

多少个这样的夜里,我曾拥她入怀。
在无垠的穹宇下我一遍遍地亲吻她。

她曾经爱我,有时我也爱她。
怎么能不爱恋她坚定的双眸。

今夜我可以写下最悲伤的诗句。
想到我不再拥有她,感到我已失去了她。

我聆听这广袤的夜,她不在,夜晚更加广袤无际。
诗句落入心灵,如同露珠没入草地。

我的爱无法将她留下,那又如何。
夜晚繁星漫天,而她不在我身边。

到此为止了。远方有人在歌唱,在远方。
失去了她,我的心满是惆怅。

为了走近她,我的目光在寻找她,
我的心在寻找她,而她不在我身边。

又是一个月色把树木镀上白光的夜晚。

而如今的我们,早已不是曾经的模样。

我已经不爱她了,是的,但我曾经多么爱她。

曾几何时,我的声音试图乘风而行,到达她的耳边。

属于别人了,如同曾经那属于我的双唇一样,将属于
别人了。

她的声音,她洁白的身体。她深邃的双眼。

我已经不爱她了,是的,但也许我还爱她。

爱那么短暂,而遗忘却那么漫长。

因为在多少个这样的夜里,我曾拥她入怀。

失去了她,我的心满是惆怅。

虽然这是她带给我的最后的痛苦,

而这,也许是我为她写下的最后的诗句。

Oh la boca mordida, oh los besados miembros,

oh los hambrientos dientes, oh los cuerpos trenzados.

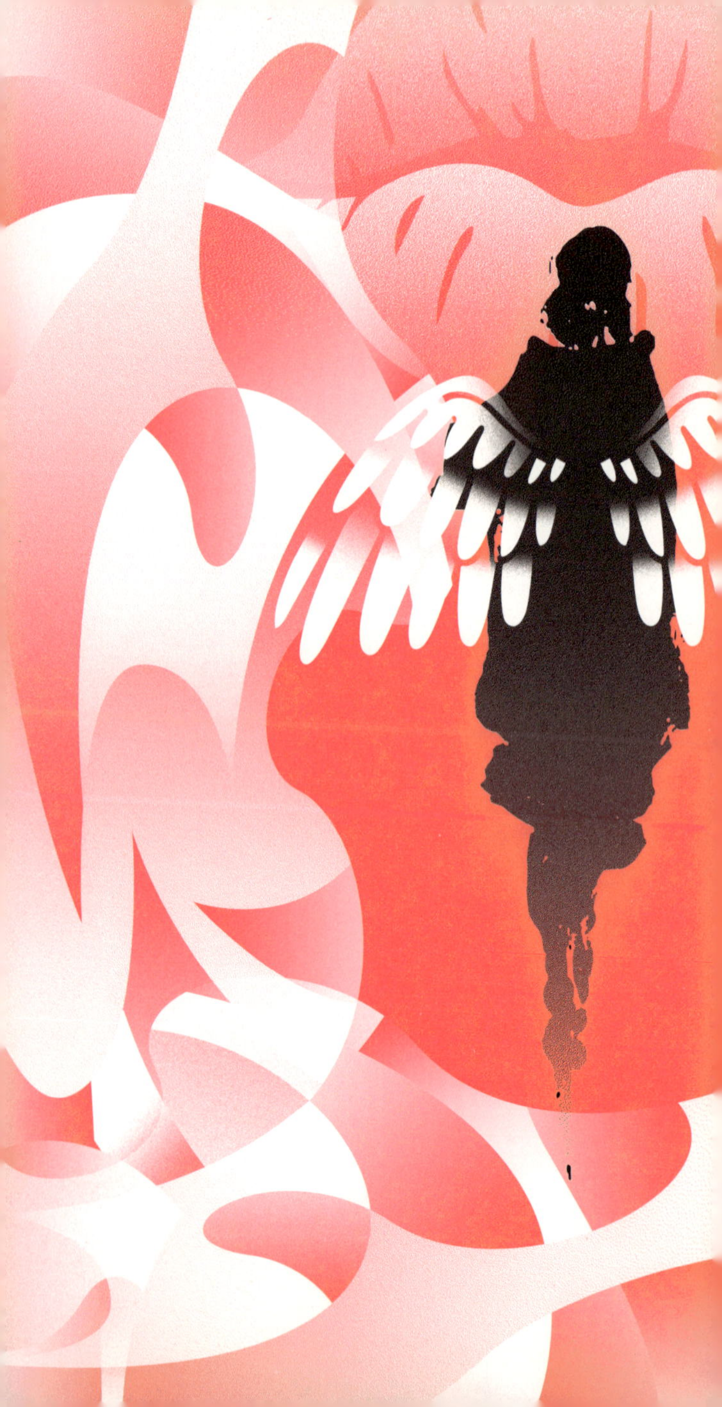

La Canción Desesperada

绝望的歌

对你的回忆从我所处的夜晚浮现出来。

河流将它顽固的哀鸣与大海联结在一起。

被抛弃如同黎明时分的码头。

是时候离开了。噢,被抛弃的人!

冰冷的花冠纷落在我的心上。

噢,瓦砾遍布的阴沟,遇难者的残忍洞穴!

战争和羽翼都在你这里累积。

歌唱的鸟儿从你那里竖起羽翼。

你吞没了一切,就像远方。

像大海,像时间。在你的身上沉没一切!

那曾是欢聚和亲吻的欢乐时刻。
像灯塔一样闪耀的惊愕时刻。

领航员的焦虑，盲人潜水员的狂怒，
迷离的爱的沉醉，在你的身上沉没一切！

在迷雾的童年里，我受伤的灵魂扑扇双翼。
迷路的探险者，在你的身上沉没一切！

你将自己缠绕于痛苦，你让自己沉迷于欲望。
悲伤将你击倒，在你的身上沉没一切！

我让阴影的墙后退，
我一路前行，超越了欲望和行动。

噢，心肝，我的心肝，我挚爱过又失去的女人，
在这个潮湿的时刻，我在回忆你，在为你歌唱。

你像一只杯子，盛着无尽的柔情，
而无尽的遗忘将你打碎，如同打碎一只杯子。

是黑色，那些岛屿的黑色孤寂。
而在那儿，爱恋的女人，你把我搂入怀中。

那曾经是饥渴交加，而你曾是水果。
那曾经是痛苦和废墟，而你曾是奇迹。

啊，女人，我不知道你如何包容了我
在你灵魂的土地，在你双臂的环绕里！

我对你的欲望那么可怕又短暂,
那么动荡又沉醉,那么紧张又那么贪婪。

众吻的墓地,在你的坟墓里仍有火焰,
一串串果实仍在燃烧,被群鸟啄食。

噢,被咬过的嘴,噢,被吻过的肢体,
噢,饥饿的牙齿,噢,交缠的身体。

噢,希望和力量的疯狂交合
我们在其中融合又绝望。

而柔情,轻如水、如面粉。
话语停留在唇边。

那曾是我的命运,我的渴望在那里游走,
而我的渴望也陨落其中,在你的身上沉没一切!

噢,瓦砾遍布的阴沟,在你的身上陨落一切,
你不曾表达出的痛苦!未曾淹没你的海浪!

海浪汹涌中你仍在燃烧和歌唱。
像一个水手立在船头。

你仍旧花开成歌,你仍旧破浪而出。
噢,瓦砾遍布的阴沟,打开的苦涩的井。

苍白的盲人潜水员,不幸的投石手!
迷路的探险者,在你的身上沉没一切!

是时候离开了,这艰难而寒冷的时刻

夜将它固定于所有的时刻表。

大海喧闹的海岸线环绕着海岸。

寒星升起,黑鸟迁徙。

被抛弃如同黎明时分的码头。

只有颤抖的影子在我手中盘绕。

啊,超越一切。啊,超越一切。

是时候离开了。噢,被抛弃的人!

Discurso Nobel

诺贝尔文学奖获奖演讲·朝着那灿烂辉煌的城市

我的演讲将是一次漫长的跨越之旅，是我个人在遥远的地球另一端的一场旅行，那里与北部的风景和孤独并无二致——我指的是我国的极南之地。我们智利人身居偏远，甚至我们的国境已经触碰到南极，在地理位置上我们与瑞典有着相似之处，因为瑞典的头顶也触及地球北部的雪域。

一些早已被人遗忘的事情使得我穿越祖国的那片广袤土地，我需要穿越安第斯山脉以寻找智利与阿根廷的边界。森林像隧道一样覆盖着人迹罕至的地区，由于我们所走的道路非常隐蔽，而且禁止通行，所以只有非常模糊的方向标志可以参照。没有前人的足迹，也没有路，我和四个同伴一起骑马而行，在起伏的马队中一路寻找——我们清除了参天大树的障碍，穿过了难以逾越的河流，越过了嶙峋密布的岩石，走过了荒凉的雪地，与其说是寻找，不如说是一路猜测摸索着我自己的自由之路。我同行的旅伴认得方向，他们知道漫山遍野的枝叶通向哪里，但为了安全起见，他们骑在马上，用砍刀在一处又一处的树皮上做记号，留下痕迹，以便在他们回程时作为指引，而那时我将独自面对我的命运。

我们每个人都在无边无际的孤独中全力前行，在树木葱郁和白雪皑皑的寂静中，在巨大的爬藤和沉积了数百年的腐殖土上，在突然倒下成为一道新的阻碍的树干间。万物既是令人眼花缭乱的神秘自然，也是越发迫切的寒冷、大雪和迫害的威胁。一切都交织在一起：孤独、危险、寂静以及我使命的紧迫感。

有时，我们沿着一串微不可查的足迹前行，足迹也许是走私者或逃亡的罪犯留下的，我们不知道其中许多人是否已经丧生于冬日的严寒和巨大的暴风雪。当暴雪在安第斯山脉倾泻而下时，行人会被裹挟其中，随即被埋入七层楼高的皑皑白雪之中。

在足迹两旁的荒野之上，我看到了某种好像人类建筑的东西：那是无数个冬日累积的树枝，是成百上千旅人的草木祭品，是纪念逝者的高高的木坟，让人们想起那些无法继续前行、长埋于雪下的人。我的同伴也用砍刀砍下了触碰我们头顶的树枝，它们或者从高大的松树上落下，或者从栎树上落下，冬日的暴风雪还没有来临，树梢上的叶子已经开始颤抖不停。我也在每个木坟前留下了纪念品——一块木牌、一根从森林里砍下的树枝——借以装饰一个又一个陌生旅人的坟墓。

我们还要穿过一条河。那些发源于安第斯山脉之巅的溪流汹涌而下，来势迅猛，席卷一切，随即变为瀑布，以其倾泻自高山的能量和速度冲垮土地和岩石；但这一次，我们碰到的是一段和缓的河流，一处浅滩，因此水面平静如镜。马跃入水中,马腿立即没入河水,马向对岸游去。顷刻之间,我的马几乎完全被水淹没,我失去支撑开始在马背上摇晃,我的两只脚全力对抗水流,而我的马则努力保持头部露出水面。就这样我们过了河。在我们到达对岸时,陪同我的向导——几位当地的农民——笑着问我:

"您刚才害怕了吧?"

"非常害怕。我觉得差点就死了。"我说。

"我们刚刚一直手拿着套索在您身后的。"他们回答道。

"就在那儿,"其中一个人补充道,"我父亲就是在那儿落水的,然后被水流冲走了。您不会经历那种事的。"

我们继续前行,直到进入一条天然隧道,隧道也许是水量丰沛的河流在巨大的岩石上冲击形成的,也许是某次地震在高处打造了这条由被侵蚀的石头和花岗岩构成的通道。我们走进了隧道。走了几步后,马匹开始打滑,它们竭力在高低不平的石头上站稳,马蹄一次又一次弯折,马蹄铁迸出了火花;我不止一次被甩下马,仰面瘫在岩石上。我的马的鼻子和蹄子都出血了,但我们还是坚定地在这条宽阔、壮丽又艰难的路上继续前行。

在那片荒芜的丛林中正有什么在等待着我们。突然之间,宛如奇异的幻象一般,我们来到了依偎在群山怀抱中的一小片精美的草地之上:那里河水清澈,绿草如茵,野花遍布,小河潺潺,头上是湛蓝的天空,以及没有任何枝叶遮挡的绚烂阳光。

我们驻足观望,宛如身处一个魔法阵之中,又仿佛来到一处神圣之地做客,而更神圣的是我参加的仪式。向导们翻身下马。在场地的中央放置着一个牛头骨，仿佛举行仪式一般。我的同伴一个接一个默默地走过去，在牛骨的孔洞中留下一些硬币和食物。我也加入了这场供奉的队伍中，这场仪式为那些能在死去的牛的眼眶中找到面包和帮助的迷路的旅行者以及各色逃亡者而准备。

但令人难忘的仪式并未就此结束。我的乡村朋友们摘下帽子，开始跳起一种奇怪的舞蹈，他们绕着牛头骨单脚跳跃，复刻着他人此前在这里跳舞留下的环形轨迹。那一刻我才隐约明白，在我那些难以捉摸的同伴身边，存在着一种陌生人与陌生人之间的交流，即使在这个世界上最遥远、最偏僻的地方，也存在着关怀、请求和回应。

继续前行，我们已经快要越过国界——从那里开始，我将开启多年远离祖国的生活。我们在夜里到达了群山之中最后的峡谷。突然，我们看到一点火光，这说明附近一定有人居住。我们走近后看到了一些简陋的建筑,是一些似乎空无一人的杂乱棚屋。我们走进其中一间,在火光的映照下,我们看到房屋中央有巨大的烧着的树干,这些树干日夜燃烧不停,从屋顶的缝隙中冒出的浓烟在黑暗中游荡,就像一层厚厚的蓝色面纱。我们看到很多堆起来的干酪,那是人们在高地上制作凝结的。在火堆旁,几个人像麻袋一样躺在那里。我们在寂静中辨认出吉他的弦声和歌词,歌声来自炭火和黑暗,一路走来我们第一次听到了人类的声音。那是一首关于爱与距离的歌曲,一首爱与怀念的哀歌,对遥远的春天,对我们一路走来的城市,对无限广阔的生命。他们不知道我们是谁,他们对逃亡者一无所知,他们没听过我的诗也没听过我的名字。或者他们听过?实际情况是,我们在火堆旁唱歌、吃饭,然后走进黑暗之中那些简陋的房间。一条火山温泉流过这些房间，我们浸泡在泉水里，来自重重山脉的热浪将我们拥入怀中。

我们高兴地拍打着水花，尽情释放自己，洗去了漫长旅途的疲惫。仿佛接受了洗礼一般，我们感到神清气爽，宛如新生。黎明时分，我们踏上了最后几公里的旅程，从那以后我将离开我的祖国。我们体内仿佛充满了清新的空气，正是这股力量推动着我们朝着等待着我的世界之路前行。我们骑着马唱着歌离开。临行前我们想给山民们一些钱（我清楚地记得这件事），以酬谢他们的歌声、食物、温泉、房间和床铺，或者说，酬谢他们给予我们的出乎意料的庇护所，但他们毫不犹豫地拒绝了。他们给我们提供了一些帮助，仅此而已。在这句"仅此而已"——这句无声的"仅此而已"中，隐含着许多东西，也许是认可，也许是梦想本身。

女士们，先生们：

我没有从书本上学到任何作诗的秘诀；我也不会将任何一句忠告、写作方式或风格印成书本，好让刚开始写诗的人从我这里得到一些所谓的智慧。如果我在这篇演讲中讲述了一些往事，如果我在今天这个与事发地大相径庭的场合重提了一个从未被遗忘的故事，那是因为在我的生命历程中，我总能在某个地方找到我所需要的论断和方式，不是为了让我的话语变得更加强硬有力，而是为了更好地自我表达。

在那段漫长的旅途中，我找到了作诗的技巧。旅途中我得到了大地和灵魂的给养。我认为，诗歌是一种短暂或庄严的行为，这种行为纳入了成双结对的孤独与团结、情感与行动、个人的内心世界、人与人之间的亲密关系以及大自然的秘密启示。我同样坚信，在一个不断扩大的群体中，在一种将现实与梦想永远融合在一起的活动中，一切都会持续下去——人与他的影子、人与他的态度、人与他的诗歌，因为诗歌会以这种方式将它们结合并融合到一起。同样，这么多年后我还是不知道，那些我在穿越一条湍急的河流时、在围着一头牛的头骨跳舞时、在最高海拔上净化纯洁的水中沐浴皮肤时得到的启示，我不知道它们是来自我的内心并用以此后和其他的生灵交流，还是他人作为要求或召唤向我发出的信息。我不知道那是我亲身经历的，还是我写出来的，我不知道它们是真理还是诗歌，是过渡还是永恒，是我当时经历的诗句，还是我后来吟唱的经历。

朋友们，从这一切中，我们可以看出诗人必须向其他人学习的一课：没有坚不可摧的孤独。所有的道路都通向同一个终点：我们的交流。我们必须穿过孤独和坎坷，穿过隔绝和寂静才能到达奇幻之地，在那里，我们可以笨拙地舞蹈，也可以忧郁地歌唱，而在这种舞蹈或歌唱中，最古老的意识的仪式得以完成：作为人的意识和信仰共同命运的意识。

事实上，尽管有人或者许多人认为我是一个宗派主义者，认为我不可能参加友谊和责任的共同宴席，我也不想为自己辩解，我不认为诗人有指责或辩解的义务。毕竟，没有诗人是诗歌的管理者，如果有诗人止步于指责他的同行，或者如果有诗人认为他可以耗费终生为自己辩护，为合理的或荒谬的责难辩解，我坚信走向这种极端只能是虚荣心作祟。我认为，诗歌的敌人不在那些写诗或守护诗歌的人中间，而是诗人缺乏和谐。因此，诗人最根本的敌人莫过于他自己无法理解同时代那些最被忽视与剥削的人，而这一点适用于所有时代和所有地域。

诗人不是"小上帝"。不，绝不是"小上帝"。

他并没有比那些从事其他工作和行业的人更高贵的命运。我常常说，最好的诗人是每天为我们供应面包的人：我们最熟悉的面包师，他不自以为是上帝。他把揉面、送入烤箱、烘烤和每天提供面包作为一项社区义务，履行着自己庄严而谦卑的职责。如果诗人具备了这种简单的意识，那么这也可以成为一种宏伟的工艺的一部分，成为一种简单或复杂的建设的一部分，即社会的构建、人类周围环境的改变、人类商品的交付：面包、真理、美酒、梦想。如果诗人加入这场永无止境的斗争之中，将每个人的承诺、奉献和柔情交到他人手中，投入每一天和所有人的共同工作中，那么诗人就会参与其中，我们诗人就会参与到全人类整体的汗水、面包、美酒和梦想之中。只有通过这条普通人恒定的道路，我们才能恢复诗歌的广阔天地，每个时代赋予它的广阔天地，而我们自己也在每个时代中为诗歌创造一个广阔天地。

错误让我找到了相对真理，而真理又一再让我回到错误之中，两者都不能——我自己也从未奢望能够——指引、教授所谓的创作过程，即教授文学的崎岖道路。但我确实意识到了一点：我们根据自身创造了自己神话中的幽灵。从我们所做或想做的事情的泥浆中，将产生我们未来发展的障碍。我们不可避免地走向现实和现实主义，也就是说，去直接认识我们周围的环境和转变的方式，而后当一切为时已晚时，我们已经建立了一个如此夸张的屏障，以至于扼杀了生命，而不是引导生命的发展和繁荣。我们强迫自己接受现实主义，后来发现其比砖块还重，却没有建筑起所设想的作为我们职责不可分割的一部分的大厦。反之，如果我们设法创造出不可理解的（或少数人能理解的）偶像——历经选择的神秘的偶像，如果我们无视现实及现实的变体,我们就会突然发现自己被一片肮脏的土地包围,被树叶、泥土和云朵的颤动包围,我们的双脚深陷其中,压抑的隔绝状态让我们窒息。

特别是我们,广袤美洲的作家们,我们不停地倾听着用有血有肉的生命来填满这个巨大空间的呼唤。我们清楚地知道自己作为开拓者的义务——同时,在一个无人居住的世界,批判性交流是我们至关重要的责任。那里并不会因为无人居住就不被不公、惩罚和痛苦填满——我们也感到有责任找回那些沉睡在石像中,在被毁坏的古老的纪念碑里,在潘帕斯草原的广阔寂静中,在茂密的丛林中,在雷鸣般歌唱的河流里的古老梦想。我们需要用文字来填补这片缄默的大陆的边界,我们沉醉于这种讲述和命名的任务。也许这就是我自己微不足道的个例,是我成为诗人的决定性原因:在这种情况下,我的夸张言辞、我的大量作品或我经过雕琢的辞藻，只不过是美洲人日常最简单的行为。我的诗歌，每一句都努力成为可触可感的物品，每一行都试图成为一件有用的劳动工具，每一首都希望在空间中成为路径交叉处的标志，或者成为一块石头或木头，以便未来有人可以在上面放置新的标志。

　　诗人的这些职责——无论它们是否正确，我都将全然恪守。我决定，我在社会中和面对生活时的态度也应该是谦逊地拥护的态度。我是在看到光荣的失败、孤独的胜利和让人迷惑的溃败后做出了这样的决定。在美洲的斗争舞台上，我意识到作为人类的使命无非是加入组织起来的人民的巨大力量中去，带着热血和灵魂、激情和希望加入其中，因为只有在这股洪流中才能诞生作家和人民所需的变革。即使我的立场激起了——而且现在仍然激起或激烈或善意的反对，但事实是对我们这样辽阔和严酷的国家的作家来说，如果我们想让黑暗繁荣，如果我们想让千百万还没有学会阅读我们的作品或者还不会阅读的人、还不知道如何书写或者向我们书写的人能够有尊严地立于世界——毕竟没有尊严就不可能成为完整的人——除此以外，别无他法。

我们继承了遭受了几个世纪惩罚的民族的不幸的生活，那些原本生活在乐土上的民族，那些最纯洁的民族，那些用石头和金属建造了奇迹般的塔楼、制作了璀璨夺目的珠宝的民族：这些民族一夜之间被夷为平地，几个世纪以来被可怕的殖民主义时代摧毁，变得悄无声息，而这些殖民主义如今依然存在。

我们最重要的救星是奋斗和希望。但是，没有孤独的斗争，也没有孤独的希望。每个人身上都汇聚着遥远的时代、惰性、错误、激情、我们时代的紧迫性，还有历史的步伐。但是，如果我曾对美洲大陆的封建历史做出任何贡献,那我又会怎样呢?如果我不为自己在我的祖国目前的变革中发挥了微薄的作用而感到自豪,我又怎么能在瑞典赋予我的荣誉面前欣然接受呢?只要看看美洲的地图,面对着我们周围空间的丰富多样和气象万千,就会明白为什么许多作家拒绝认同昏聩的神灵们赋予美洲民族的耻辱的和被劫掠的过去。

我选择了一条共同承担责任的艰难道路,与其将个人当作太阳那样星系的中心崇拜,我宁愿谦卑地为一支庞大的军队服务,这支军队有时可能会犯错误,每天都要面对不合时宜的顽固分子以及没有耐心的自大狂徒,但它不会停歇,勇往直前。因为我相信,我作为诗人的职责不仅体现在我对玫瑰和对偶、狂热的爱和无尽的乡愁的深情厚谊里,也体现在我对加诸在我的诗歌中的人类艰巨任务的深切关怀之中。

整整一百年前的今天,一位穷困潦倒又才华横溢的诗人、一个极度绝望的人写下了这样的预言:"黎明时分,我们将以炽热的耐心,进入灿烂辉煌的城市。"

我相信预言者兰波的预言。我来自一个默默无闻的省份,一个被刀削般的地理格局隔绝在世界之外的国家。我曾是所有诗人中最离群索居的一个,我的诗歌是地域性的,是痛苦万分的,是阴雨连绵的。但我始终对人类充满信心,也从未失去希望。这也许就是今天我能够带着我的诗歌,还有我的旗帜来到这里的原因。

最后,我必须告诉善良的人们,告诉劳动者和诗人,兰波的那句话表达了整个未来:只要以炽热的耐心,我们就能征服那座灿烂辉煌的城市,它将给所有人带来光明、正义和尊严。

如此,诗歌才不会徒然吟唱。

1971 年 12 月 13 日

译后记

巴勃罗·聂鲁达，智利诗人、外交官、牛津大学文学荣誉博士、智利总统候选人、诺贝尔文学奖获得者……这位加西亚·马尔克斯口中"二十世纪所有语种中最伟大的诗人"，这位哈罗德·布鲁姆笔下"我们时代所有的西半球诗人都无法与他相媲美"的佼佼者，这位在我国诗歌作品译介数量最多的拉美诗人，在他去世的第五十个年头，我们选择再次翻译他的经典作品：年少时让他声名鹊起的《二十首情诗和一首绝望的歌》。

《二十首情诗和一首绝望的歌》是聂鲁达最著名的诗集之一。1924 年这部作品出版时诗人还不满 20 岁，诗集中的"爱那么短暂，而遗忘却那么漫长""我要对你 / 做春天对樱桃树做的事情"等诗句享誉世界、脍炙人口。有人说这部诗集虽然是根据青年诗人的真实情感写成，但它并不是写给某一位女子，而是描绘了一个爱恋的普遍原型；也有人说这二十一首诗歌分别写给两位不同的女子。无论如何，这部作品是作者试图打破个人此前作品的创作风格的新尝试，虽然其中还能看到浪漫主义和现代主义的痕迹，但却是从此开始了"聂鲁达主义"[1]的创作时代。

聂鲁达的诗歌在我国的译介由来已久，也经历了几个时代的起伏，从政治诗到爱情诗，其作品在我国不同时期的选择性译介都与相应时代的背景息息相关，一定程度上可以说聂鲁达诗歌在我国的译介轨迹是外国文学在我国译介的一个缩影。20世纪50年代我国译介的聂鲁达的政治诗歌铿锵有力，80年代开始翻译过来的他的爱情诗又缠绵悱恻，在不同时期给中国读者带来了大洋彼岸的疾风骤雨以及和风细雨。

---

1. 说法出自《拉丁美洲文学史》（北京大学出版社，2001年）。

事实上，那个说着"爱情和义务，是我的两只翅膀"的聂鲁达，那个因其"诗歌以大自然的伟力复苏了一个大陆的命运与梦想"而获得诺贝尔文学奖的聂鲁达，从来不是单纯的爱情诗人或者政治诗人，而是多面的、立体的，也是唯一的。正如赵振江老师在《山岩上的肖像——聂鲁达的爱情·诗·革命》中写下的——"只有一个聂鲁达"。关于诗歌的主题，聂鲁达自己也说过："首先诗人应该写爱情诗。如果一个诗人，他不写男女之间的恋爱的话，这是一个奇怪的诗人，因为人类的男女结合是大地上一件非常美好的事情。如果一个诗人，他不描写自己祖国的土地、天空和海洋的话，也是一个很奇怪的诗人，因为诗人应该向别人显示出事物和人们的本质、天性。"他如此说，也如此拿起了手中的笔——爱情、革命、自然、思考，聂鲁达的诗歌将目光投向一切，见自己也见众生，观照社会也关注自然。男女之爱、家国之爱、自然之爱……聂鲁达深深眷恋着世间的一切——花草和姑娘,故土和自然。

聂鲁达不是现代主义诗人(虽然在他的早期作品中能看到现代主义的影响),他的诗歌中很少使用艰涩的意象,但这并不意味着翻译的过程中没有遇到文化的桎梏,他诗歌中的元素何其丰富:智利的南方阴雨绵绵,黑岛外的大海波涛汹涌,大雾弥漫,藤蔓缠绕,枝叶覆盖……不过所幸,还有洋李清甜。"诗歌是否可译"——多年以来人们争论不休,大概也难有答案,但有一点可以肯定,如果没有诗歌译作,世界上绝大多数的读者终其一生都将与很多优秀的诗歌作品擦肩而过。这也是这本书的初心之一,唯愿在翻译中尽力抹去译者存在的痕迹,以微薄之力,将这位大洋彼岸的伟大诗人的作品尽可能地保留原来的滋味,呈现在我国读者面前,读者如能将原诗的意思和意境感受十之六七,也算是对半个世纪前匆匆故去的诗人的一点遥远的慰藉。

聂鲁达出生在拉美,青年时外驻东南亚,中年遭遇政治通缉历经流亡,晚年更是被推上政治的风口浪尖,其死因至今成谜;他一生拥有过很多女人,经历了三次婚姻,足迹遍布三个大洲;聂鲁达的一生算不上平静顺遂,却被俄国作家爱伦堡称为"我见到的少数几个幸福的人之一"。他在不同的人生阶段扮演着不同的社会角色,然而从11岁写下了人生的第一首诗,到19岁出版第一部诗集,从1971年获得诺贝尔文学奖,到1974年去世一年后遗著由妻子全部整理出版,他一直是一位诗人。他的一生写下45部诗集,作品被翻译成超过35种语言,传播到世界上的每一个国家。也许此刻在地球上的某一个角落，就有读者如你我，正捧着一本他的诗集，自由地航行在聂鲁达的精神海洋之上。

"人充满劳绩，但还诗意地栖居在这片大地上"——荷尔德林的这句话，大抵是对聂鲁达跌宕起伏的一生最好的注解。

2023 年 8 月
于厦门大学

图书在版编目（CIP）数据

二十首情诗和一首绝望的歌 /（智）巴勃罗·聂鲁达著；王佳祺译. -- 北京：北京联合出版公司, 2024.4
ISBN 978-7-5596-7451-7

Ⅰ.①二… Ⅱ.①巴… ②王… Ⅲ.①诗集—智利—现代 Ⅳ.① I784.25

中国国家版本馆 CIP 数据核字（2024）第 048856 号

二十首情诗和一首绝望的歌

作　者：[智] 巴勃罗·聂鲁达
译　者：王佳祺
出品人：赵红仕
责任编辑：龚　将

北京联合出版公司出版
（北京市西城区德外大街83号楼9层　100088）
北京联合天畅文化传播公司发行
北京美图印务有限公司印刷　新华书店经销
字数40千字　787毫米×1092毫米　1/32　4印张
2024年4月第1版　2024年4月第1次印刷
ISBN 978-7-5596-7451-7
定价：49.80元

版权所有，侵权必究
未经书面许可，不得以任何方式转载、复制、翻印本书部分或全部内容。
本书若有质量问题，请与本公司图书销售中心联系调换。
电话：010-65868687　010-64258472-800